DISCOURS

DE

M. LE VICOMTE PERSIGNY.

DISCOURS

DE

M. JEAN-GILBERT-VICTOR-FIALIN

V^{TE} DE PERSIGNY

A LA COUR DES PAIRS

Dans la Séance du 1er Octobre 1840

(Procès de S. A. le Prince Napoléon)

PARIS

IMPRIMÉ CHEZ FÉLIX LOCQUIN,

16, RUE NOTRE-DAME DES VICTOIRES.

MESSIEURS LES PAIRS,

Il y a sept ans que des études approfondies sur la grande époque consulaire et impériale, opposée dans mon esprit, à l'époque actuelle, me vouèrent au culte des idées napoléonien-nes. — Ce culte vous explique mon dévouement à l'illustre race qui personnifie ces idées et au noble prince qui en est ici le représentant. — Pour assurer le triomphe de ces idées qui promettaient dans ma pensée la gloire, la grandeur et les libertés de mon pays, je n'ai pas hésité à me faire le soldat d'un homme, d'une famille. — A une époque où toutes les institutions en France sont attaqués; où les partis et le pouvoir sont également impuissants, faute d'une personnification vivante des grands intérêts du pays : — Je suis fier d'avoir compris l'obéissance et engagé ma liberté, dans le but d'assurer et d'agrandir les libertés de mon pays. — Je suis fier d'avoir pris la devise de ce généreux roi de Bohême qui vint mourir à Crécy, pour la cause

de la France, cette devise modeste, mais qui a
aussi sa grandeur : ICH DIEN. Je sers.

L'idée napoléonienne qui fut l'expression la
plus sublime de la révolution française ; qui rat-
tacha les siècles passés au nouveau siècle ; qui
du sein de la démocratie la plus agitée fit surgir
l'autorité la plus gigantesque ; que remplaça une
aristocratie de huit siècles, par une hiérarchie
démocratique, accessible à tous les mérites, à
toutes les vertus, à tous les talents, la plus
grande organisation sociale que les hommes
aient conçue ; — L'idée napoléonienne qui, pro-
digue d'égalité, veut aussi assurer aux peuples
les plus grandes libertés, mais ne leur en ac-

corde la jouissance complète qu'après les avoir étayées de solides institutions : associant ainsi les doctrines de liberté aux doctrines d'autorité ; — L'idée napoléonienne qui songe surtout au peuple, ce fils de sa prédilection; qui ne le flatte pas, mais s'occupe sans cesse de ses besoins, et place sa plus grande gloire dans l'extinction de la mendicité et dans l'organisation du travail ; — L'idée napoléonienne qui marche à la tête des voies industrielles que sa glorieuse épée débarasse de toutes entraves et appelle l'Europe à une vaste confédération politique ; — L'idée napoléonienne enfin, cette grande école du 19e siècle, légitimée par le génie, illustrée par la victoire, sanctifiée par le martyr, — L'idée napoléonienne vous la connaissez , Messieurs les Pairs , car vous avez servi à ses triomphes , vous qui fûtes les compagnons de gloire de l'Empereur. — Messieurs les Pairs , il faudrait une voix plus éloquente et plus digne de faire entendre ici la parole napoléonienne , pour vous dérouler les magnifiques grandeurs. — Ce n'est donc pas à un humble soldat de cette idée à s'en faire l'apôtre devant un si illustre auditoire. A lui seulement comme tout citoyen de pleurer et de gémir sur les malheurs qui ont renversé son empire. — A lui comme tout soldat de verser des larmes sur la grande calamité de Waterloo !

— Sénateurs de l'Empire , dites nous ; quelle

n'aurait pas été la grandeur de la France, sans les désastres de 1814 et de 1815. Que ne seriez-vous pas, vous-même aujourd'hui? Rappelez-vous en effet le rôle qui vous était assigné par les constitutions impériales; songez à celui qu'elles vous réservaient, quand les esprits si longtemps distraits des préoccupations intérieures, par les bulletins de nos victoires, se fussent enfin reporté à la paix générale, sur les débats de nos assemblées.—Mais pensez surtout à ce rôle mille fois plus grand encore qui vous était destiné sous les successeurs du premier Napoléon, quand le génie du grand Empereur, descendant avec lui dans la tombe, vous eût légué l'héritage de son pouvoir. — Serait-ce à ce triste devoir de juger et de punir les victimes de nos discordes sans fin que seraient consacrées vos lumières? — Non, non, de tels débats n'agiteraient pas cette enceinte. — Arbitres des destinées du monde, ce sont des rois vaincus, que vous verriez à cette barre venir implorer le nouveau sénat romain!

Mais pourquoi se laisser aller à la pensée de tant de grandeurs, quand on songe à cette loi impénétrable de la destinée qui traduit devant vous comme un criminel un prince même du sang impérial, lui qui devrait siéger aujourd'hui le premier parmi vous pour prendre conseil de votre sagesse, ou marcher à la tête de nos armées à quelque grand dessein de la patrie.

Hélas! Pourquoi la France ne sut-elle pas repousser l'étranger de son sein? Pourquoi les pères de la patrie ne surent-ils pas mourir sur leurs chaises curules? — Pourquoi n'allèrent-ils pas au-devant de Varron, au lieu d'aller implorer Annibal? Mais pas de vaines récriminations! — L'histoire de tous les peuples est souillée de quelques pages funestes. — Le grand peuple de l'antiquité, le peuple modèle dans l'histoire du monde; les Romains ne virent-ils pas leurs légions passer sous le joug des Samnites? et l'or du Capitole ne paya-t-il pas le poids de l'épée de Brennus? — Il est d'ailleurs comme l'a dit l'Empereur des événements d'une telle nature qu'ils sont au-dessus de l'organisation humaine. — Oublions donc les grandeurs passées , puisqu'il faut forcément jeter les yeux sur les misères présentes ! — Messieurs les Pairs, — S'il est un sentiment commun et parmi les juges et parmi les accusés, c'est ce sentiment pénible qu'inspire à tous les cœurs le triste spectacle de nos agitations depuis dix ans. — Comment des divisions funestes, des parties infatigables , détruisent-ils sans cesse les germes de notre prospérité? — Comment la voix de la France , cette voix puissante qui jadis faisait trembler l'Europe est-elle étouffée par les cris de la place publique.

En vain le langage officiel de la politique jette chaque jour à la face du pays les grands mots de factions insensées ; d'ambitions coupables ! Ce n'est pas en flétrissant les effets qu'on détruit les causes. — Au fond de ces résistances incessantes doit être une moralité. — Il faut la chercher dans notre histoire.

Quand la France impériale succomba, l'Europe entière liguée contre nous ne fut animée que d'une seule pensée : — affaiblir la France. — Cette pensée devait être implacable. Enlever nos départements militaires, s'emparer de nos forteresses ou les détruire, ouvrir sur tous les points de nos nouvelles frontières des passages préparés pour de nouvelles invasions ; nous entourer enfin d'une ceinture de fer. Rien de ce que peut la stratégie moderne ne fut épargné pour nous soumettre. — Et ce n'était point encore assez.— Pour rassurer l'Europe effrayée au souvenir de nos victoires, il fallait jeter parmi nous un principe éternel de division et de faiblesse. — Il fallait frapper la France au cœur. Illustre et malheureuse maison de Bourbon, vous deviez servir d'instrument à cette politique. Le génie de la diplomatie étrangère, toujours si fatal à la France, avait compté vos destins et les nôtres. — Dans ses calculs, dynastie étrangère aux nouveaux intérêts, aux nouvelles idées, aux nouvelles gloires de la France, vous deviez soulever contre vous ces nouvelles idées, ces nouvelles gloires; — quoique vous pussiez faire vous deviez apparaître toujours à la masse inquiète de la nation, comme la déléguée de la victoire étrangère. — Et cette situation éveillant des méfiances continuelles, excitant les classes les unes contre les autres, devait détruire l'esprit public, et donner enfin raison à l'Europe de cette France terrible qui avait osé prétendre à l'empire du monde!

Aussi, Messieurs les Pairs, écoutez lord Castelreagh et les autres successeurs de Pitt, quand ils rendent compte au parlement du triomphe de nos ennemis. — « En replaçant les Bourbons sur « le trône, nous avons affaibli la France pour des « siècles. Nous lui avons coupé les ailes. »

Messieurs les Pairs, il est une autorité plus imposante encore, c'est celle du grand Empereur, quand il prononce à Sainte-Hélène ces solennelles paroles :

« J'avais fermé le gouffre des révolutions. Les « souverains de l'Europe, en ramenant les Bour- « bons en France ont rouvert le gouffre ; puisse- « t-il ne pas les engloutir ? »

Messieurs les Pairs, vous connaissez l'histoire de la maison de Bourbon ; vous savez comment la branche ainée a succombé. — Vous savez ce que fut la France sous son règne. Or, il est une grande question à poser. Les ailes de la France ont-elles repoussées depuis 1830, ou les a-t-on coupées de nouveau? — La diplomatie étrangère, après avoir perdu la bataille des trois grandes journées de Paris, est-elle aujourd'hui humiliée ou triomphante?

Permettez-moi, Messieurs les Pairs, de jeter un regard sur la dernière révolution, considérée seulement dans ses rapports extérieurs. — D'un bout à l'autre du royaume, il n'y eut qu'un sentiment dans tous les cœurs. — Sans doute la France ne voulait pas, comme le demandait une jeunesse courageuse mais imprudente, jeter le gant à l'Europe et se précipiter sur nos frontières à la con-

quête du monde. — Elle voulait simplement pro-
fiter des chances que lui offrait la fortune. — Elle
voulait avec modération, mais fermeté, réclamer
auprès d'un nouveau congrès européen la répara-
tion de ses griefs. — Les circonstances étaient
merveilleusement favorables. Les évènements de
Paris avaient terrifié toutes les puissances. Les
unes pouvaient être entraînées à notre cause par
les avantages de notre alliance; les autres gagnées
par de justes indemnités; les autres enfin effrayées
par la crainte de nos armes, et toutes maintenues
par la menace du torrent de nos principes, mille
fois plus terribles que nos armes. — C'était une
grande question qui préoccupait le monde entier.
— Mais pendant que tous les esprits élevés se li-

vraient à ces hautes méditations , une nouvelle dynastie montait les degrés du trône. —
Le nouveau prince , par ses talents politiques ,
par son incontestable habileté, par sa connais-
sance approfondie des hommes éminents de son
époque, faisait concevoir à nos premiers hommes
d'état les plus hautes espérances. — Mais que
sont les talents , que sont les volontés humaines
quand l'impérieuse loi d'une situation politique à
parlé?

Ici , Messieurs les Pairs , les événements pren-
nent un caractère nouveau, imprévu. La grande
question vitale du pays s'enveloppe de nuages

et disparaît aux yeux. — Le même courrier qui porte à Londres, à Vienne, à Berlin, à Saint-Pétersbourg, la nouvelle des événements, y porte aussi la ratification de tous les traités qui, depuis quinze ans, avaient réglé le sort de la France de Waterloo.

A quel nouvel intérêt les plus grands intérêts du pays sont-ils donc sacrifiés ? — Par quelle nouvelle pensée la France est-elle précipitée dans ces voies funestes où il ne lui est plus possible d'aspirer aux grandeurs passées ? — Par quelle fatalité, enfin, l'activité d'un grand peuple est-elle condamnée à la satisfaction seule des grossiers appétits de notre nature ; comme Rome, réduite aux émotions du Cirque quand elle n'a plus les triomphes du Capitole ?

Messieurs les Pairs, la destinée des empires est comme la nature, elle ne produit rien de grand sans de grands efforts. — Les grandes institutions veulent de grandes causes. — Les dynasties ne sont pas le fait de la volonté d'un homme, d'une famille. — Elles sont la personnification d'une idée résultant de certaines circonstances, où la main des hommes n'a pas de place. — Elles ne surgissent puissantes du sein des peuples, qu'autant qu'elles ont été jetées dans le moule des grands événements !

Telle était, Messieurs les Pairs, la dynastie napoléonienne, dynastie populaire, sortie toute ra-
dieuse des mains de la victoire et du génie; personnification des principes et des intérêts de la
révolution; reflet de toutes les gloires de cette
grande époque, et expression vivante de la démocratie française; dynastie qui, forte de l'éclat
de cent victoires, pouvait faire pâlir la majesté
mêmes de huit siècles capétiens! — Que ne
pouvait-on pas oser, avec un tel principe d'autorité!

Mais si la pensée dynastique n'est sortie que
d'un simple accident de la fortune; si la trempe
des grands événements lui a manqué; si les cir-

constances qui l'ont produite, ne lui ont pas imprimé ce caractère de grandeur qui enchaîne les
imaginations et fascine les intelligences; si en ou-
tre elle a été jetée par la destinée au milieu d'une
nation inquiète, agitée, tourmentée de mille besoins, de mille désirs; — si, pressée tout à la
fois et par le débordement d'une démocratie ardente qui ne reconnaît pas sa voix, et par les
exigences des puissances étrangères, qui abu-
sent sans pitié de sa faiblesse : alors, Messieurs
les Pairs, quelque soit la haute habileté qui la
dirige, quelles que soient les intentions de cette
habileté, elle doit subir l'implacable logique des
situations politiques : — n'ayant pas été conçue
par les événements dans les proportions de la

grandeur du pays, il lui faudra, pour obéir à la loi de son origine, réduire le pays à ses proportions.

Alors, malheur au pays! Il est entraîné dans une voie fatale. — La confiance entre les gouvernants et les gouvernés sera ébranlée. — Des esprits inquiets se demanderont si la monarchie est dans son principe normal, si la dynastie, placée à la tête des destinées du pays a les mêmes intérêts, les mêmes idées, les mêmes sentiments que le pays; — la moralité du gouvernement monarchique sera attaquée. Des doctrines nouvelles surgiront de toutes parts; elles trouveront de l'écho dans une jeunesse ardente, généreuse, intrépide; elles ébranleront l'ordre social. Enfin

la royauté perdra son prestige , la loi son autorité , et la force la majesté du droit.

Qu'ai-je besoin maintenant , Messieurs les
Pairs , de dérouler devant vous le triste tableau
de la situation de la France ? Cette situation , ne
la connaissez-vous pas mieux que moi ? — N'en
êtes-vous pas les premières victimes ? — C'est en
vain que vous comptez parmi vous tant de noms
célèbres qui rappellent au pays et les gloires an-
ciennes de notre histoire et les gloires nouvelles
de la république et de l'empire ; — c'est en vain
que vous présentez fièrement au respect public
ces grandes illustrations de la patrie ! Messieurs
les Pairs , le principe fatal que la France porte

dans son sein a tout usé ; — il n'a rien épargné.

Quant à moi, Messieurs les Pairs, j'ai cru, et je crois encore, que la cause napoléonienne pouvait seule remédier aux maux du pays. Quelque soit mon sort je le subirai, en homme préparé à tous les coups de la fortune, en citoyen dévoué à son pays, en soldat dévoué à son chef.